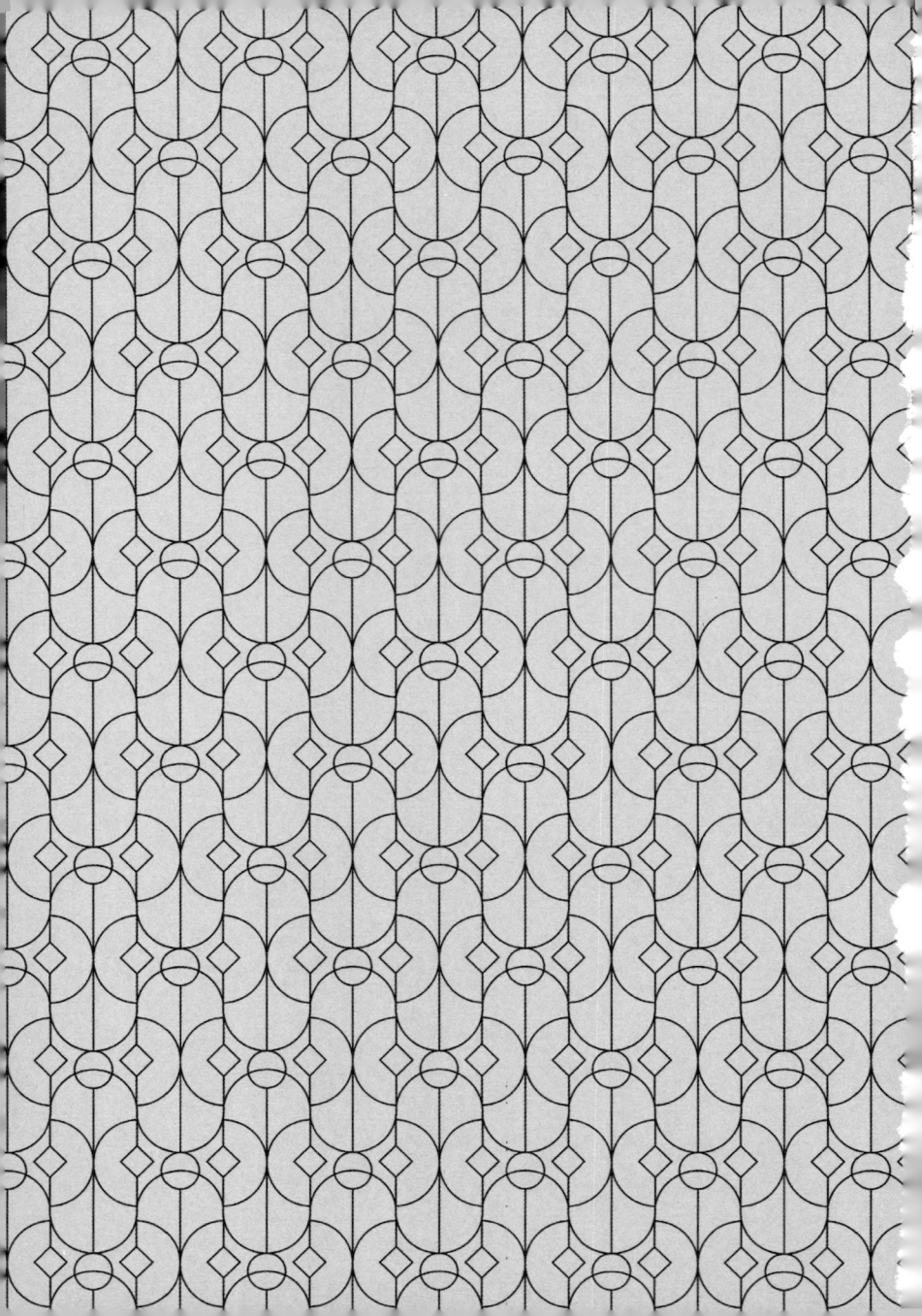

穆旦译文

The Translation Works of Mu Dan

布莱克诗选
朗费罗诗选

Selected Poems of
Blake & Longfellow

〔英〕布莱克 〔美〕朗费罗 著
穆旦 译
Translated by Mu Dan

人民文学出版社
PEOPLE'S LITERATURE PUBLISHING HOUSE

图书在版编目（CIP）数据

穆旦译文.布莱克诗选 朗费罗诗选／（英）布莱克，（美）朗费罗著；穆旦译. --北京：人民文学出版社，2024
ISBN 978-7-02-018401-9

Ⅰ.①穆… Ⅱ.①布…②朗…③穆… Ⅲ.①穆旦（1918-1977）-译文-文集②诗集-英国-近代 Ⅳ.①I11

中国国家版本馆 CIP 数据核字（2023）第 228203 号

责任编辑　陈　旻
装帧设计　刘　远
责任印制　苏文强

出版发行　人民文学出版社
社　　址　北京市朝内大街 166 号
邮政编码　100705

印　　刷　北京盛通印刷股份有限公司
经　　销　全国新华书店等

字　　数　35 千字
开　　本　787 毫米×1092 毫米　1/32
印　　张　3.125　插页 1
版　　次　2024 年 2 月北京第 1 版
印　　次　2024 年 2 月第 1 次印刷

书　　号　978-7-02-018401-9
定　　价　52.00 元

如有印装质量问题,请与本社图书销售中心调换。电话:010-65233595

目　次

布莱克诗选

译序 …………………………………………… *3*

诗的素描

咏春 …………………………………………… *11*

咏夏 …………………………………………… *13*

咏秋 …………………………………………… *15*

咏冬 …………………………………………… *17*

给黄昏的星 …………………………………… *19*

给清晨 ………………………………………… *20*

歌（我在田野里快乐地游荡）………………… *21*

歌(我的倦慵之姿和微笑) …………………………… 23
歌(爱情与和谐拉手) ………………………………… 25
歌(我爱快乐的舞蹈) ………………………………… 27
歌(记忆呵,到这儿来) ……………………………… 29
狂歌(狂暴的风在哭喊) ……………………………… 31
歌(刚离开露湿的山) ………………………………… 33
歌(披着灰衣的晨曦刚走在路上) …………………… 35
给缪斯 …………………………………………………… 37
捉迷藏 …………………………………………………… 39
牧人之歌 ………………………………………………… 44
老牧人之歌 ……………………………………………… 45

杂 诗 选

永远的福音(摘译) …………………………………… 46
你的腰身怀满着种子 ………………………………… 56
让巴黎的妓院开放吧 ………………………………… 57

朗费罗诗选

生之礼赞 ………………………………………………… 63
奴隶的梦 ………………………………………………… 66

阴湿沼泽里的奴隶…………………………	69
海草 ………………………………………	72
箭与歌 ……………………………………	76
破晓 ………………………………………	77
孩子们 ……………………………………	79
雪絮 ………………………………………	82
晴和的一天 ………………………………	84
我失去的青春 ……………………………	86
译后记 ……………………………………	91

布莱克诗选

〔英〕布莱克 著

译 序

威廉·布莱克(1757—1827)是英国十八世纪后期一位杰出的进步诗人和画家;他的诗作画品表现了人道主义的精神和对现实社会的批评。

一七五七年布莱克出生于伦敦一个袜商的家庭。他从小就显出富于想象力,常常把自己的幻觉看作真实的事物。他的父亲为了照顾他的爱好,叫他学画,但是因为当时的绘画学校要收一笔为数不小的学费,家里负担不起,因此就改学刻版画的工作,他后来一生就靠刻版画过活。

布莱克在十八岁以前,英国正值七年战争结束,国内生活安定,商业繁荣。他们一家住在伦敦一个叫做"金色广场"的地区,南北两面都是绿茵茵的草地。他的少年时代确是一段无忧无虑的日子,这在他早年所写的《诗的素描》里有明显的反映。

《诗的素描》(1783)是布莱克生平正式出版的唯一诗集；他后来的诗集，多数经他亲手刻印，并不能算是出版物。这部诗集的问世在英国文学史上有重大的意义：它标志着高倡"理性"，安于现状的假古典主义诗歌的结束和崇尚热情、想象，要求干预生活的革命浪漫主义运动的兴起。一般文学史家虽然把华兹华斯和库勒律治合写的《抒情诗集》(1798)作为英国浪漫主义诗歌的起点，但也承认布莱克的《诗的素描》已经表现了革命浪漫诗歌的一些基本特征：热情的讴歌和瑰丽的想象；人世的精神和改革现状的要求。

　　《诗的素描》的前半部展开了一个少年时代的极乐世界。诗人描写了大自然的美丽，青春的欢欣和少女的爱情。这里当然也有苦闷，但那只是失恋者的自怨自艾，与现实世界并没有多大的关系。

　　这种肯定生活，赞美欢乐的思想与当时社会所提倡的"理性"的约束，教会所强加于人们头上的禁欲观点是背道而驰的。布莱克认为"活着的事物都是神圣的"，"热情是永恒的欢乐"。这种肯定人生的入世思想在布莱克后来的著作中与反对暴君、同情革命的立场有密切的联系。在布莱克眼中，压迫人民的暴君就是压制真情流露的所谓"理性"或教会；他所赞扬的热情,不仅是男女之情,也是生活的热情、革命的热情。

这个"欢乐"的主题在《天真之歌》(1789)里继续发展。布莱克的笔下不仅出现了唱着快活歌曲的牧童,在青草地上嬉戏的孩子,也出现了穿着可喜的衣裳的羔羊,快快活活的鸟雀。《欢笑的歌》名符其实地集合了万物欢笑的大成。

但是《天真之歌》还有更进一层的思想。布莱克在更早的一篇诗中说过:"天真是冬季的袍子",可以御寒。换句话说,"天真"——人类在没有遭受经验玷污以前的心灵状态,也就是宗教上所谓伊甸乐园——就是可以御寒的热,就是对于万物的爱,就是诗人心目中体现"爱,仁慈,怜悯,和平"的耶稣。同时布莱克所崇奉的耶稣又是人化的上帝,而不是抽象的偶像;他认为只有人才能体现耶稣的种种美德。这里人道主义的博爱思想与信奉上帝的唯心思想结合了起来;这里也就隐伏着布莱克思想中的长处和弱点。人道主义使布莱克敢于批评当时英国的不人道的社会,甚至大胆主张用暴力推翻封建政权;但是到了晚年唯心思想又在改革现实的企图(例如1789年的法国大革命)遭到失败的影响下迫使布莱克退守"忠恕之道"的防线——从革命的人道主义倒退到一般的人道主义。

再往深处看,《天真之歌》不仅歌颂了心灵的纯洁境界,而且道出了对于现实世界的批评。"天真"世界(或理想世界)所以值得赞美无非因为"经验"世界(或现实世界)十分丑恶。布莱克在一片欢乐之中确实没有忘记现实社会。在那个社会里战乱连绵(先是英帝国干涉美国革命的战争,接着进攻法兰西共和国,与拿破仑作战),民不聊生,许多妇女被迫为娼,许多小孩被出卖做童工。《天真之歌》里的"黑小孩"虽然怀着美好的幻想,希望在"学会承受爱的光芒"以后跟"白得像天使"的英国小孩取得平等地位,但他对现实世界总不免感到一丝怅惘:"我却黑黑的,仿佛失去了光明。"当然在这本诗集里,布莱克对于现实社会的批评还很隐约,还是潜流。

诗人对于英国社会的抨击在《经验之歌》(1794)里有了正面的表现。《经验之歌》开始作于一七八九年,但是到一七九四年才刻印出来。这个时期正是英国连年对法国用兵,国内对资产阶级革新派的迫害变本加厉,人民生活日益贫困的年代。诗集引导我们走进阴暗的街道、教堂和学校去看看大英帝国的君主和教会如何摧残着年轻的一代,那些"伦敦城里的花苞!"扫烟囱的小孩在《天真之歌》里还存着美好的幻

想,但他在《经验之歌》里的短短十二行诗简直是字字血泪,句句控诉。你看他对君主和教会的讽刺是多么尖锐:

> 因为我快乐,又跳舞又唱歌,
> 他们以为并没有错待我
> 因而去赞美上帝、牧师和国王,
> 这些人把我们的惨状说成是天堂。

以"升天节"为题的诗在《天真之歌》和《经验之歌》中各有一首。我们最初在《天真之歌》读到它时,以为诗人是在歌颂教会收容孤儿的慈善事业,现在读到《经验之歌》才恍然大悟。原来在"神圣的星期四"——升天节——看到忍饥受寒的上万儿童集会礼拜,感谢天主之恩,一点儿也不神圣;原来领着孩子们走进圣保罗教堂的白发教士的手就是"冰冷的放债的手";原来孩子们谢主圣恩的如大风般升起天空的歌声就是这儿所说的"颤声的喊叫"。

"伦敦"不愧是这个时期诗人对现实社会批评的总结。诗人走过"专用"的伦敦街头,看见行人个个愁容满面,扫烟囱孩子的哭声"震惊每一座污黑的教堂";他听到被驱作战的兵士的叹息和被迫为娼的女子的控诉。这样"经验"世界中的人就与"天真"世界中的人对立起来:"残酷,妒嫉,恐怖和隐秘"代替了"爱,仁慈,怜悯,和平"。值得注意的是这些坏品质只是钢铁时代人的特征而不是以耶稣为本的理想人的本色;就在这个区分之中,布莱克保持了他对未来的希望。

在以手稿形式保存下来的布莱克的一些诗作里面——选集中把它们归在杂诗里——诗人对于现实生活的批评也很明显。《天真的预言》中第四第五两节表明诗人对于大英帝国从事掠夺战争的不满,对于人民生活贫困的抗议。"条条街道上有叫号的娼妓,为古老的英国织着尸衣",诗人的愤激之情真是溢于言表。"自由与幽禁"表现了同样的见解:

> 人一诞生,还在襁褓时候,
> 人的灵魂便已被辗转出售,
> 青年全被引进了屠宰场;
> 绝色美人也只换得一天的食粮。

通过几年的生活实践,布莱克这时开始批判了他早期的天真的想法。《天使与魔鬼》中的天使无疑是《天真之歌》时代布莱克的化身,魔鬼则代表诗人这时比较成熟的见解。我们记得诗人原是力倡"仁慈,怜悯,和平"的,实际生活的折磨使他懂得了如果世界上根本没有穷人,何必提倡"仁慈"呢?如果大家都一样快乐,谁要别人"怜悯"呢?如果彼此没有戒惧之心,还追求什么"和平"呢?这首诗的思想有极深刻的革命性:诗人从"仁慈,怜悯,和平"这些一般人道主义的美德前进一步要求消除需要这些东西的社会根源,也就是消除人世间的贫困,哀愁和战乱。这样跨进一步的意义不用说是非常重大的。

可惜布莱克到了晚年又表现了倒退一步回到一般人道主义的倾向。诗人在《法国大革命》(1791)及其以后所写的一些"先知书"里——包括《美国》(1793),《欧洲》(1794)等等——要求改革现实的思想始终占着主导地位。但是法国革命的失败以及一八〇二年英法战争暂时停火使诗人错误地认为暴力不能导致和平,专制君主也能悔过自新。从此以后,布莱克的诗作里面——例如《弥尔顿》(1804—1808)和《耶路撒冷》(1804—1820)——对于"忠恕之道"的宣传越来越多。这种思想发展到极端就成为投降主义。《老和尚》给我们作了证明:

> 但利剑既无用,弓箭更无力,
> 它们永也不能把战祸消弭。
> 　只有隐者的祈祷和孀妇的眼泪,

才能使整个世界脱出恐惧。

因为眼泪是一种明智的东西,
神王的利剑就只是一声叹息,
　殉道者发出的一声痛苦的呻吟,
正就是万能上帝的弓箭,武器。

原来鼓吹以暴力推翻专制政权的布莱克这时认为抵抗暴君是徒然无益的了;倒是眼泪能够使世界脱出恐惧。

　　从布莱克的全部著作来看,这种消极的宣扬"忠恕之道"的思想毕竟不是主流。诗人对于资产阶级革命的热烈同情,对于英国现状的尖锐批评,对于解放个性的强烈要求,对于大同世界的衷心向往,对于劳动、艺术、和平的讴歌以及表现在诗创作上的瑰丽的想象,浓厚的生活气息使他不愧是英国革命浪漫主义诗歌的伟大先驱。

　　　　　　　　　　　　　　袁可嘉
　　　　　　　　　　　　　一九五七年六月

诗的素描

咏 春

哦,披着露湿的鬈发,你探首
露出早晨的明窗,往下凝视,
把你天使的目光投向我们吧,
这西方的岛屿在欢呼你,春天!

山峰正相互传告你的来临,
河谷在聆听;我们渴盼的眼睛
都仰望你明媚的天幕:出来呀,
让你的步履踏上我们的土地!

走过东方的山峦,让我们的风
吻着你的香衣;让我们尝到

你的晨昏的呼吸;把你的珠玉
铺撒在这苦恋着你的土地。

哦,用你的柔指把她装扮起来;
轻轻吻着她的胸脯,把金冠
戴上她软垂的头,因为呵,
她处女的发辫已为你而束起!

咏　夏

你有力地驰过我们的河谷,
哦,夏天! 请勒住你烈性的马,
别让它们喷出太热的鼻息!
你本来常常在这儿支起金幕,
在橡树下歇睡,使我们欣喜地
看到你赤红的肢体,茂盛的发。

当日午驾着火辇驶过天空,
我们在浓荫下常可以听到
你的声音。坐在流水的旁边吧;
在我们葱翠的谷里,把你的
丝衫投在河岸,跳到碧波里!
我们的河谷太爱盛装的夏天。

我们的歌手以银弦驰名远近,
我们的青年谈情赛过南方人,
我们的姑娘舞起来也最美。
是的,我们不乏歌,也不乏乐器,
有优美的回音,有澄澈的流水,
炎热的时候也有月桂花环。

咏　秋

秋呵,你满载果实,又深染着
葡萄的血;不要走吧,请坐在
我的檐下;你可以歇在那儿,
用愉快的调子配合我的芦笛。
一年的女儿们都要舞蹈了!
请唱出果实与花的丰满的歌。

"瘦小的花苞对太阳展示出
她的美,爱情在她的血里周流;
锦簇的花挂在清晨的额前,
直垂到娴静的黄昏的红颊上;
于是稠密的夏季发出歌声,
羽毛的云彩在她头上撒着花。

"等大气的精灵住在果实的
香味上,欢乐就轻轻展开翅膀
在园中回荡,或落在树梢唱歌。"
愉快的秋坐下,对我这样唱着;
接着他起身,束紧腰带,便隐没
在荒山后,却抛下金色的负载。

咏 冬

冬呵！闩上你所有铁石的门：
北方才是你的；你在那里筑有
幽暗而深藏的住所。别摇动
你的屋顶吧，别放出你的铁车。

但他不理我，却从无底的深渊
驾车而来；他的风暴原锁在
钢筋上，出笼了；我不敢抬眼，
因为他在全世界掌握了权柄。

你看这恶魔！他的皮紧包着
强大的骨骼，把山石踩得呻吟；
他使一切悄然萎缩，他的手
剥光大地，冻僵了脆弱的生命。

他坐在峭壁上:水手枉然呼喊。
可怜的人呵,必须和风暴挣扎!
等着吧,天空微笑时,这恶魔
就被逐回洞中,回到赫克拉山下。

给黄昏的星

你呵,黄昏的金发的使者,
太阳正歇在山巅,点起你的
爱情的火炬吧:把你的明冠
戴上,对我们的夜榻微笑!
对爱情微笑吧;而当你拉起
蔚蓝的天帷,请把你的银露
播给每朵阖眼欲睡的花。
让你的西风安歇在湖上,
以你闪烁的眼睛叙述寂静,
再用水银洗涤黑暗。很快的,
你就去了;于是狼出来猖獗,
狮子也从幽黑的森林张望。
请你护佑我们的羊群吧:
那羊毛已被满你神圣的露。

给 清 晨

圣处女呵,你穿着最洁白的衣裳,
请打开天庭的金门,走出来吧;
唤醒那沉睡在天宇的晨曦,让光
从东方的殿堂升起,把甜蜜的露
随苏醒的白日一起带给我们。
哦,灿烂的清晨,向太阳候问,
有如猎人,要起身出来游猎,
让你穿靴的脚出现在我们山中。

歌

我在田野里快乐地游荡,
　　遍尝到夏日的一切骄矜;
直到我看见爱情之王
　　随着太阳的光线而飘行。

他把百合花插到我发间,
　　鲜红的玫瑰结在我前额;
他领我走过他的花园,
　　那儿长满他金色的欢乐。

我的翅膀沾着五月的露,
　　菲伯①燃起了我的歌喉;

① 菲伯,太阳神,司诗歌及艺术。

他用丝网突然将我网住,
　　就把我在他的金笼拘留。

他喜欢坐下听我歌唱,
　　唱完了,又和我笑闹不休,
他会拉开我金色的翅膀,
　　嘲弄我何以失去了自由。

歌

我的倦慵之姿和微笑,
  我的丝绸、华服和盛装,
都已被爱情扫荡完了;
  而悲哀的、干瘪的"绝望"
就给我水松来装饰坟墓:
这正是忠诚恋人的归宿。

他的容貌美好如天庭,
  当花苞初露,正待开花;
呵,他的心可冷似严冬,
  何以这容貌却给了他?
他的心是爱情的陵地,
爱的膜拜者都来到这里。

请给我斧子和铁镐,
　再给我拿来一件尸衣;
等我把我的墓穴掘好,
　让雷雨交加,风儿凄厉:
那我就躺下,全身冰冷。
从此死去真诚的爱情!

歌

爱情与和谐拉手
把我们的灵魂缠绕，
当你我的枝叶汇合，
我们的根须相交。

欢乐坐在我们的枝头，
唧唧地、甜蜜地作歌，
像我们脚下的溪水相会，
真纯汇合了美德。

你结出金色的果实，
我全身穿着鲜花；
你的枝叶使空气芬芳，
海龟就在下面筑家。

她坐那儿抚养子女,
我听着她的幽怨之曲;
"爱情"在你的枝叶上面,
我也听到他的言语。

他在那儿有美丽的巢,
他在那儿睡了一整晚,
白天他就欢笑起来
在我们的枝头游玩。

歌

我爱快乐的舞蹈
　和轻轻吟唱的歌曲，
纯洁的目光在闪射，
　少女咬着舌头低语。

我爱欢笑的山谷，
　我爱山中的回音缭绕，
那儿欢乐永不中断，
　小伙子尽情地笑闹。

我爱幽静的茅屋，
　我爱无忧的亭荫，
我们的园地褐白交错，
　像日午果子的鲜明。

我爱那橡木座位
  在高大的橡树荫下,
所有的老农聚起来
  哈哈笑着,看我们玩耍。

我爱我所有的邻人——
  可是呵,凯蒂,我更爱你:
我将要永远爱他们,
  但你是一切加在一起。

歌

记忆呵,到这儿来,
　鸣啭你欢快的歌喉,
而当你的乐音
　在风的胸怀上飘流,
我将坐在溪边冥想,
在叹息的恋人近旁;
我要在水的明镜中
钓起一个个的幻梦。

我将啜饮那清水,
　并且听红雀歌唱;
我要在那儿躺下,
　整天不断地梦想:
天黑了,我就走向

那宜于伤心的地方，
和沉默的忧郁一起
沿着幽黑的谷踱去。

狂　歌

狂暴的风在哭喊，
　　黑夜冷得抖索；
到这儿来吧，睡眠，
　　把我的悲哀掩没！……
可是呵，一转眼，
曙光已窥视东山，
晨鸟正振起双翼
轻蔑地离开大地。

噢！但我的歌声
　　却充满了忧伤，
一直升抵天穹；
　　它在夜的耳腔
流过，振荡，又使得
白日的眼睛哭泣；
它激起了狂吼的风，

又和风暴嬉戏。

像云端的魔鬼,
　我凄然发出哀音
只把黑夜追随;
　夜去了,我也消隐。
我要背向东方,
喜悦在那儿滋长;
因为呵,我最怕光明,
它刺痛我的脑筋。

歌

刚离开露湿的山,快乐的"一年"
朝着我微笑,便登上流火的辇;
在我年轻的前额,桂花编织幻影,
跃升的光华在我的头上照明。

我的脚生着翅,在露湿的草地
我遇见我的姑娘,如初现的晨曦。
呵,祝福那神圣的脚,有如天使;
祝福那闪着天庭光辉的四肢!

仿佛一个天使,在空中闪烁,
在纯真的时代,充满神圣的欢乐;
快乐的牧童停住了他感谢的歌,
为了聆听那天使唇边的音乐。

同样,她开口,我便听到天庭之音,
我们同行,便没有不洁的能挨近;
每片田野,每个幽静处所都像伊甸,
每个村落都像天使走过的乐园。

但有一片恬静的村野,在那里
我黑眸的姑娘已伴着夜影安息,
每当我走近它,就有非凡的火
灼烧我的灵魂,并且引起我的歌。

歌

披着灰衣的晨曦刚走在路上，
我就去看我黑眸子的姑娘。
当黄昏坐在幽暗的亭荫里，
对着沉默的时刻轻轻叹息，
村里的钟也响了，我就出门，
山谷由于我的忧愁而变阴森。

我的眼睛望着那个好村庄：
在那恬静的树荫下，我的姑娘
洒过一滴泪；当我郁郁而行，
我诅咒厄运，又喜于我的伤心。

往常，当夏日在树荫里安眠，
而树叶对着微风低语喃喃，

我就绕村徘徊;要是在她身边
有个少年偷到骄矜和喜欢,
我会悲痛地诅咒我的星宿:
这使得我的爱和我天地悬殊。

噢,要是她负心,我就要把他
碎尸万段,把温情踩在脚下!
我要为我的坎坷诅咒人的福气,
然后静静死去,然后被人忘记。

给 缪 斯[①]

无论是在艾达[②]荫翳的山顶,
　　或是在那东方的宫殿——
呵,太阳的宫殿,到如今
　　古代的乐音已不再听见;

无论是在你们漫游的天庭,
　　或是在大地青绿的一隅,
或是蔚蓝的磅礴气层——
　　吟唱的风就在那儿凝聚;

无论是在晶体的山石,

---

① 缪斯,希腊神话中司诗歌及艺术的女神,共有九位。
② 艾达山峰在小亚细亚,据希腊神话,诸神在这座山上观望着特洛伊战争(即荷马史诗《伊利亚特》中所歌唱的战争)。

或是在海心底里漫游,
九位女神呵,遗弃了诗,
　　尽自在珊瑚林中行走;

何以舍弃了古老的爱情?
　　古歌者爱你们正为了它!
那脆弱的琴弦难于动人,
　　调子不但艰涩,而且贫乏!

捉 迷 藏

当白雪缀满苏珊的衣裳,
珠玉垂挂在牧童的鼻孔上,
这时候呵,我就一心一意
让炉火烧红,火光映照四壁。
"添上煤呀,喂,再添高一点;
搁上橡木,让它发出火焰。"
洗得干净的板凳摆了一圈,
再坐上姑娘和小伙子少年:
多美的情景!啤酒喝得快意,
相思的故事,逗笑的打趣——
都说够了,再让游戏开始。
妞儿用别针扎了小伙子。
罗杰把窦莉的凳子抽走,
她扑通跌在地上,这蠢丫头!

她羞红了脸,却斜眼看着
傻瓜狄克,他正为此难过。
可是,现在大家要玩捉迷藏,
绊脚的东西赶紧挪到两旁。

珍妮折好她的丝手帕,
烂眼边的威尔[①]运气最坏。
笑声立刻停了:"嘘,安静!"
噘嘴的培吉把赛姆一耸。
蒙着眼的威尔手张得太宽,
赛姆溜了过去:"呵,倒霉蛋,
蠢笨的威尔!"但嗤笑的凯蒂
却被挤到一角,逃不出去!
于是,威尔可以睁眼观看了,
他以为他神气得不得了:
"嘿,嘿,凯蒂呀!你这怎么行?
我说,罗杰离你是多么近!"

---

① 威尔(Will)一方面是"威廉"名字的缩写,一方面也可解为"意志"。这里诗人显然语意双关,所以把威尔说成是"烂眼边的""蠢笨的"等。

她捉住了他——罗杰拿手帕
也扎住头——但眼睛除外。
因为他还能透视过丝巾,
他扑向赛姆,但没抱得紧,
赛姆溜了。苏姬躲来躲去,
一下子绊了一跤,倒在就地。
"看!这是不守规矩的结果!
只要欺骗,必然要生灾祸。"
可是罗杰还是不断追赶,
"他看见啦!"格雷斯[①]轻轻叫喊;
"喝,罗杰,你对玩法太不通,
你还得扎紧些,再作盲人!"

凯蒂冒失地把话重复一遍,
于是罗杰又连转了三圈。
以后他停了一停。而狄克
心头一转,出了个坏计策:
他以手脚在地上爬伏,

---

① 格雷斯,一方面是女子的名字,一方面也可解为"仁慈"。这里似语意双关。

笔直地挡住盲人的去路,
然后"哼"了一声。——霍吉听了,
盲目跑去——满以为能捉到:
当然跌了跤。唉,由此可见,
我们的希望多脆弱,多快就完!
他的鲜血一滴滴落在地上,
大家立刻惊得一片慌张。
可怜的狄克捧着他的头,
恨不得自己治好他的伤口。
但凯蒂拿着钥匙匆匆跑开,
于是他们朝他的背浇下来
一桶冷水;血总算不再流,
霍吉又能直竖起他的头。

这就是这游戏的大致情形;
凡是游戏的,为了避免不幸,
应该订下好的规章,例如:
谁要使蒙眼的人受骗吃苦,
他也得身受。好似在古昔,
人们群居而没有法律,
这使得暴乱和自由开始

蔓延,以致一国人民彼此妨害和欺凌,于是有了法律,就为大家办事都公平合理。

牧人之歌[①]

来吧,陌生人,请来到这里,
这儿,每条枝上都坐着欢乐,
苍白已从每张脸上飞去;
我们撒的种子我们在收获。

天真像是一朵玫瑰花
开放在每个姑娘的颊上;
贞洁在她的额前盘绕,
她的颈项戴着珠玉的健康。

---

① 此诗及下面《老牧人之歌》一篇系据现代文库《布莱克(及约翰·敦)全集》译出。

老牧人之歌

当银雪堆上西尔维欧的衣裳,
而珠玉挂在牧人的鼻子上,
我们能忍过生之风暴的摧残,
它虽使四肢颤栗,但只要心儿温暖。

当美德是我们行路的手杖,
真理是盏灯,把我们的路照亮,
我们能忍过生之风暴的摧残,
它虽使四肢颤栗,但只要心儿温暖。

吹吧,喧腾的风,尽严冬摆出凶相,
天真是冬季的袍子,只要穿上,
我们就能忍过生之风暴的摧残,
它虽使四肢颤栗,但只要心儿温暖。

杂 诗 选

永远的福音[①]

（摘译）

假如伦理的美德就是基督教，
那基督的教言都可以取消，
而该亚法和彼拉多[②]，必然
都值得称颂；也不必用羊栏
来作比喻，最好以狮子的巢穴
象征上帝、天堂和他们的荣耀。
只因为伦理的基督徒出现，
于是有了异教徒及其法典。

[①] 此诗及下面《你的腰身怀满着种子》《让巴黎的妓院开放吧》两篇均系根据现代文库《布莱克（及约翰·敦）全集》译出。
[②] 该亚法是大祭司，彼拉多是罗马巡抚，他们是判处耶稣死刑的人。

罗马式的美德,战争的光荣,
都用了耶稣和耶和华的名称;
因为,怎样算是最反对基督?
岂不就是在美德的国土
用铁打的门闩关住天庭,
拉达曼沙守住,不准罪人走进?

耶稣的福音究竟是什么?
他的一生和不朽该怎样解说?
是什么被他宣示给世间,
而柏拉图和西赛罗未之前见?
这些大大小小处世的美德,
异教的神祇都早已说过。
为什么要把罪孽来责难?
这岂不是美德底阴毒手段?
当伦理的美德异常骄矜,
在全世界上胜利地行进,
并且为了罪孽、战争和血祭,
成群的灵魂就扑进地狱。
在这伪君子的红尘之域,
那责难者,他们众人的上帝,

在他们中间发出神圣的光辉,
照耀着他们的山川和溪水。
于是耶稣起来了,他对我说:
"上帝已宽恕了你的罪过。"
彼拉多、该亚法都嚎叫起来,
因为看到了福音的光彩,
那就是,当耶稣起来对我说:
"上帝已宽恕了你的罪过。"
基督教的喇叭以耶稣之名
在全世界上响彻了福音:
人人都该宽恕彼此的罪,
这福音打开了天国的门扉。
于是伦理的美德大为恐慌,
造出了十字架、铁钉和矛枪,
而责难者就守在这一旁,
喊道:"快快钉上!快快钉上!
不然,伦理的美德就要完蛋,
还有战争的辉煌和威严;
因为,岂不见伦理的美德
都源始于对罪孽的谴责,
而一切英雄的德性,最后

也必趋于消灭罪人的朋友?
谁不知道我是卢西弗①大帝,
而你们,我的庄严的爱女,
都是我神秘之树的花果:
善和恶,死亡、地狱和灾祸,
这一切都要在人心上滋育,
只要谁敢把罪孽来宽宥?"

你所看到的耶稣的形象
恰恰敌视我看到的模样:
你的有个鹰钩鼻,像你自己,
我看到的像我,是狮子鼻;
你的耶稣和全人类友好,
我的呢,以比喻向盲人讲道;
你所爱的世界正是我的所恨,
你去天堂的路是我地狱的门。
苏格拉底所教导的,米利特
却曾痛斥为民族的灾祸;
而该亚法,就他自己来看,

---

① 魔鬼名。

他还给了全人类以恩典。
两者都日日夜夜地读圣经,
但我看是白的,你看是青。

耶稣很谦卑吗?他可曾
作出任何谦卑底证明?
可曾谦卑地提到崇高事物,
或者把石头仁慈地投出?
还在儿提时,他就逃开家,
这使他的父母大为惊诧。
在父母惊奇了三天以后,
是这句话被他说出了口:
"我不承认尘世的双亲,
我只要把天父的事执行。"
当多智的法利赛的富豪
偷偷地到他跟前去请教,
他就以铁笔对他的心胸
写道:"你必须再投胎才行。"
金钱买不动他,他自负很高,
不像学究,而是尊严地传道。
他的言语最能打动人心:

"跟着我吧,我的心卑贱而虔敬。"
唯有这条路能使人躲开
守财奴的罗网,鹰犬的陷害。
尽有那信服各种异端的傻瓜,
谁能对他们有什么办法?
耶稣死时,我曾守在身旁,
我说是谦卑,他们说是狂妄。
要是爱仇敌,必然就恨友人,
当然这不是耶稣的教训;
这是英雄学派的可鄙的骄矜,
学究和伪君子的一套德行;
耶稣行动起来,勇往而自信,
这就是他所以致死的原因。
他死时可不像一般基督徒,
从容地请求敌人的宽恕;
要是他请求,该亚法会办到,
卑鄙的服从总有生路一条。
他只须说,魔鬼就是上帝,
像有礼貌的基督徒所说的,
并且向魔鬼表示温和的忏悔,
不该在荒野三次把他得罪,

那他准成为煞神恺撒的儿子,
终于他也成为凯撒大帝。
就像普瑞斯特里、培根、牛顿,——
可悲的神灵知识不值一文!
因为牛顿曾如此否定福音:
"只能凭神的属性才知道神;
至于说圣灵,说基督和天父
寄寓于心中,那全是不符
现世成规的人在胡思乱想,
全是自负的夸口和虚妄。"
教人怀疑和信赖实验,
这绝不是基督的教言。
从十二岁起,直到成人,
他所作的都是什么事情?
他可是无所事事,或者
对天父的事业稍稍怠惰?
是否他的智慧受到轻蔑,
于是他的怒火开始燃烧,
他把奇迹传扬给世间,
使该亚法的手不禁抖颤?
耶稣若想讨好,背弃自己,

定会作出事情讨我们欢喜,——
定会溜进犹太人的会堂,
而不把法老看作狗一样;
定会像绵羊或者蠢驴一般,
一意听从该亚法的使唤。
上帝可并不要人低贱自己:
这都是古代妖魔的诡计。
对上帝谦卑,但对人须傲慢,
这才是耶稣所走的路线;
在人民之前,他诅咒统治者,
他的咒声高于神庙的高阁。
而等他刚刚对上帝谦卑,
残酷的鞭杖就向他问罪:
"你若低贱自己,就低贱了我;
你也是在永恒中生活。
你是一个人,上帝并不存在,
你须学会把你的人性崇拜,
因为这是我生活的精义。
醒来吧,投入精神的斗争里,
用末日裁判的恐怖景象
把你的复仇心向人世宣扬。

上帝的仁慈和长期苦难
只为了把罪人带去受裁判。
你须在十字架为他们祈祷,
在世界的末日把仇雪报。
这肉体的一生本是捏造,
矛盾的事物是它的材料。"
但耶稣发出了雷鸣答道:
"我将永不为这世界祈祷。
我作过一次,那是在花园里,
我求人们宽恕我这肉体。"
假如谁是由女人所生,
当早晨还没有降临,
当灵魂正在沉沉入睡,
天使长们都对着他落泪,——
这样的人怎能以深夜的
体质,对着光明没去,
怎能对其幽暗的"虚构"探索,
充满了自我矛盾的疑惑?
谦卑只不过是怀疑,
能把日和月都给抹去,
让根基长满了荆棘和莠草,

埋没了灵魂和它的珠宝。
灵魂把此生当作幽暗的窗，
这窗景大大歪曲了天堂，
它只能使你去相信谎话，
你只是用肉眼，而非透过它，
看到这生于夜、死于夜的一切，
因为你的灵魂还在微光中安歇。

你的腰身怀满着种子

你的腰身怀满着种子,
而这是一片美好的乡土。
为何不撒下你的种子,
在这儿快乐地居住?

我可要把它撒在沙上,
把沙地变为肥沃之乡?
因为若是把我的种子
在任何其他地方种植,
那我就还必得拔掉
一些毒恶的野草。

让巴黎的妓院开放吧

"让巴黎的妓院开放吧,
让很多诱人的舞蹈
把瘟疫传到全城里去,"
美丽的法国皇后说道。

国王在他的金榻上醒来,
听见了这消息,就说道:
"来呀,让鼓乐手都来弹奏,
让饥荒吃光面包心和壳。"

法国的皇后刚落上地球,
瘟疫就从她的袍里冲出;
但我们的好皇后站得很牢,
一大群傻瓜把她围住。

法耶特①站在路易王身边；
他看着他签了字；
而不久，他就看见饥荒
在肥沃的土地上放肆。

法耶特看着皇后微笑，
又眨着她可爱的眼睛；
而不久，他就看见瘟疫
在条条的大街上流行。

法耶特看着国王和王后
被眼泪和铁链缚住；
无言的法耶特陪他们落泪，
并且在周围把他们守护。

法耶特，法耶特，你被卖了，
你快乐的明天已被卖出；

---

① 即拉法耶特，在法国革命初期赞助革命，但主张君主立宪，所以革命深入以后，便背叛了革命，投向反动阵营。

你以你怜悯的眼泪，
换来了哀伤的泪珠。

谁肯把他火热的阵线
换取别人门前的阶梯？
谁肯把他小麦做的面包
去把地牢里的锁链换取？

哦，谁会笑对冬季的海洋，
并且怜悯风涛的狂吼？
谁肯以他新生的幼儿
去换取冬日门外的狗？

朗费罗诗选

〔美〕朗费罗 著

生之礼赞

年青的心对歌者的宣告①

别对我,用忧伤的调子,
　　说生活不过是春梦一场!
因为灵魂倦了,就等于死,
　　而事情并不是表面那样。

生是真实的!认真地活!
　　它的终点并不是坟墓;
对于灵魂,不能这么说:
　　"你是尘土,必归于尘土。"

---

① 此处"歌者",有影射"圣经"中诗篇的作者大卫之意;但也可解释为诗人自己对自己的宣告。

我们注定的道路或目标
　　不是享乐,也不是悲叹;
而是行动,是每个明朝
　　看我们比今天走得更远。

艺术无限,而时光飞速;
　　我们的心尽管勇敢、坚强,
它仍旧像是闷声的鼓,
　　打着节拍向坟墓送丧。

在世界的广阔的战场上,
　　在"生活"的露天营盘中,
别像愚蠢的、驱使的牛羊!
　　要做一个战斗的英雄!

别依赖未来,无论多美好!
　　让死的"过去"埋葬它自己!
行动吧! 就趁活着的今朝,
　　凭你的心,和头上的上帝!

伟人的事迹令人冥想

我们都能使一生壮丽,
并且在时间的流沙上,
　　在离去时,留下来踪迹——

这踪迹,也许另一个人
　　看到了,会重又振作,
当他在生活的海上浮沉,
　　悲惨的,他的船已经沉没。

因此,无论有什么命运,
　　不要灰心吧,积极起来;
不断地进取,不断前进,
　　要学会劳作,学会等待。

奴 隶 的 梦

他躺在没割的稻田边,
　　一把镰刀还在手上;
乱蓬的头发埋在沙子里,
　　他袒露着胸膛。
又一次,在睡眠的迷雾中,
　　他看见了他的家乡。

在他梦寐的一片景色里,
　　广阔地奔流着奈杰河;
在原野的棕树下,他又成了
　　一个王,骑着马走过;
他听见了结队的商贩
　　叮叮当当地走下山坡。

他又看见他黑眸子的皇后
　　在孩子们中间站立，
他们搂他的颈，吻他的脸，
　　又把他的手紧紧抓起！
一滴泪涌出了睡者的眼，
　　静静地落在沙地。

于是，他的马有如风驰电掣
　　沿着奈杰河岸飞奔；
他的马缰是金黄的链子，
　　而且，随着每一跃进，
他都感到剑鞘撞着马侧，
　　发出钢铁清脆的声音。

在他前面，像血红的旗，
　　耀眼的火鹅在飞翔；
从早到晚，他追踪着它们
　　在罗望子树的平原上，
直到他看见凯弗族的
　　茅屋顶，和迎面的海洋。

67

夜里他听着狮子的怒吼
  和猎狗的嚎叫，
还有河马，在隐蔽的河边，
  把一丛芦苇压倒；
这一切，像胜利的咚咚鼓声，
  在他的梦里飘摇。

那森林发出千万种音响，
  都在把自由喊叫；
沙漠上的疾风也在高呼，
  呼声自由而又粗暴，
这狂暴的欢乐使他一惊，
  使他不由得微微一笑。

呵，他不再感到主人的鞭子，
  白日的炎热也消失；
因为死亡照明了他的睡乡；
  他的没生命的躯体
只成了残旧的枷锁，——
  灵魂已把它打破和抛弃！

阴湿沼泽里的奴隶

在那阴湿低洼的沼泽
躲着被追捕的黑奴,
他窥伺着午夜的营火,
他时时听见马的奔跑
和远方猎狗的狂叫。

在那芦苇和灌木丛间
闪烁着飞萤和鬼火,
松树披着垂摆的苔藓,
还有杉木,和毒的藤蔓
像蟒蛇一样长着花斑;

人脚很难从那里穿过,
也没有人敢于尝试,

在那抖颤的绿色泥淖
他蜷伏着,在乱草丛中,
像是野兽潜伏在山洞。

一个老病残疾的奴隶:
脸上有大块的伤痕,
额上是耻辱底印记;
遮住他损毁的身体的
是碎布,耻辱底号衣。

头上一切都灿烂、美丽,
一切都自由而欢欣;
灵活的松鼠跳来跳去,
野性的鸟儿使天空
回荡着自由底歌声!

呵,只有他,从生命起头,
就注定了痛苦的厄运;
只有他,承受该隐①的诅咒,

---

① 该隐,据"圣经"载,是亚当长子,因杀弟而受上帝诅咒,到处有被杀的危险。

像谷子承受打谷的枷，
重重地被打在地下！

海　草

当赤道线上的风暴
　　巨大的风暴,
猛烈地降落在大西洋,
它就袭往内陆,愤怒地
　　鞭打滔滔的波浪,
并且把海草从乱石卷去:

从百慕大①的暗礁卷去;
　　从遥远而明媚的
亚速尔海岛②陷落的岸沿;
从巴哈马③,从圣·萨尔瓦多④

① 是北美洲东面大西洋中的群岛。
② 是大西洋中的群岛。
③ 属西印度群岛。
④ 中美洲萨尔瓦多的首都,是个海港。

那冲击不息的
闪着银白光辉的浪波；

从埋葬了奥克内群岛①
　　那滚滚的波涛
（它向粗犷的极西岛②呼喊）；
从复舟的碎片，从桅杆，
　　当它们漂流过
荒凉的、阴雨绵绵的海面；

呵，永远漂流，漂流，漂流，
　　随着无定的水流，
在那永不平息的海上，
直到在小小隐蔽的海湾，
　　在沙滩的边上，
这些海草才复归于安恬。

正是这样，当情感的风暴

---

① 在苏格兰以北。
② 在苏格兰以西。

猛烈地侵袭了
诗人心灵的海洋,不久
从每个岩洞和石窟里,
　在那广阔的洋面,
就会飘过来一段歌曲:

它来自神奇迢遥的岛屿,
　上天曾在那里
种植了真理底金色果实;
它来自那闪烁的波浪,
　闪着乐园的幻影
在"青春"那一片炎热地方;

它来自坚强的意志,和努力,
　它们永不止息
对命运的浪潮的搏斗;
它来自被风暴撕裂的希望,
　是破船的碎片
在枉然地、凄凉地浮荡;

呵,永远漂流,漂流,漂流,

随着无定的激流，
在那永不止息的心上；
直到最后，为书本所记载，
　　它就留存下来了，
像家常的成语，不再离开。

箭 与 歌

我射了一支箭在空中,
它落下,不知在什么地方;
因为它飞得这么急速,
眼睛追不上它的飞翔。

我唱了一支歌在空中,
它落在地上,也无法找到;
因为,谁的目力这么敏锐,
能够跟得上歌声的缭绕?

很久、很久以后,我看到
箭在橡树上,还没有折断;
而那支歌,从头直到尾,
我又找到在友人的心间。

破　晓

一阵风从海洋面上吹过，
它说，"雾呵,把位置让给我。"

它向船欢呼,叫道,"前进！
水手们呵,夜已经消隐。"

于是它远远地向内陆急驰，
一路喊着,"醒来！已经是白日。"

它进入树林,对它说,"呼啸！
让所有的绿叶旗帜飘摇！"

它碰一下林鸟折起的翅膀,
说道,"鸟呵,睁开眼睛歌唱。"

接着跑过了田庄,"喂,公鸡,
吹起你的号来,迎接晨曦。"

它对一片谷地轻声关照,
"低下头,欢迎清晨的来到。"

又穿过钟楼高声呼喊,
"醒来呀,钟!快报告时间。"

它叹息着走过了一片墓地,
低声说,"不!还不能静静安息。"

孩 子 们

到我这儿来呵,孩子们!
　我听见你们在嬉戏;
于是那些困扰我的疑问
　便都一股脑儿失去。

你们给打开东边的窗,
　那窗子直对着太阳,
在那儿,思想是歌唱的燕子,
　早晨的溪水在流荡。

你们心里有鸟儿和阳光,
　小溪在你们的思想里流过,
但是,我的心里只有秋风
　和雪絮的初次飘落。

呵，这世界会成了什么，
　　假如我们没有儿童？
我们会留在后面一片荒漠
　　比前面的幽暗更惊心。

有如树叶之于树林，
　　以阳光和空气为食物，
直到它们甜蜜的汁液
　　逐渐变成坚硬的树木，

儿童对世界正是这样；
　　通过他们，世界才感受
比下面树干所能接触的
　　更明亮、更美好的气候。

到我这儿来呵，孩子们！
　　附在我的耳边低语；
告诉我，鸟儿和风唱着什么
　　在你们煦和的大气里。

因为,我们的追求算得什么!
　书本的智慧有什么用?
它们怎比得你们的抚爱
　和你们欢喜的面容?

你们胜过所有的民歌,
　无论是说过的,唱过的;
因为你们是活的诗篇,
　其余的诗都没有生气。

雪　絮

挣脱开大气的胸膛，
　　从它层叠的云裳里摇落，
在荒凉的、丰收后的田野上，
　　在一片林莽，棕黄而赤裸，
　　　静静的，柔软的雪花
　　　缓缓地朝地面落下。

有如我们迷离的梦幻
　　突然在庄严的字句里成形，
有如我们苍白的容颜
　　显示了纷乱内心的衷情，
　　　纷乱的天空也表白
　　　它所感到的悲哀。

这是天空所写的诗,
　慢慢写在寂静的音节里;
这是绝望底秘密
　久久隐藏在阴霾的心底;
　　现在,对着树林和田野,
　　它在低低诉说和倾泻。

晴和的一天

呵,上帝的恩赐!美好的一天:
应该没有人工作,只是游玩;
这一天我足能够愉快:
不去做什么,只须存在!

我的每条血管,每根神经,
都感到了电流的激动;
脑中的每一纤维都受到
生命的触摸,似乎过于美好!

我听见轻风吹过树林
奏出了天庭的乐音,
我看见树枝向下弯而又弯,
像是一个巨大乐器的琴键。

高高的在我头上,天穹
展开了一幅绚烂的风景,
在那儿,太阳划过碧蓝的海面,
像一只金色的西班牙帆船。

它划向西方那云雾之乡,
向那远远的极乐岛浮荡,
岛上的层峦高高耸起
它白色的顶峰,参差地壁立。

风呵,吹吧!把樱花的雪絮
轻轻吹到所有的房屋里!
吹吧!把桃树的火红花朵
吹得低下身,任由我抚摸。

哦,生命!爱情!哦,快乐的思想
蜂拥而来。惟一的语言是歌唱!
哦,人的心灵!你难道不能够
像空气一样愉快,一样自由?

我失去的青春

我常常想到那美丽的小城，
　　它就座落在海岸；
我常常幻想走进那古老的小城，
在它快乐的街道上来回步行，
　　于是青春又回到我身边。
　　　那北欧歌谣里的一句话
　　　仍旧在我的记忆里回荡：
　　　"少年的愿望好似风的愿望，
呵，青春的心思是多么、多么绵长。"

我能看见小城参差的树影，
　　我眼前还忽而掠过
环抱它的海上远远闪来的光明
和一列岛屿（它们为我少年的梦

做了乐园的守护者)。
　　那支古老的歌的叠唱
　　仍旧在对我低语、倾诉：
"少年的愿望好似风的愿望，
呵,青春的心思是多么、多么绵长。"

我记得那乌黑的码头和停泊地,
　和海涛的自由奔腾,
还有西班牙的水手留着髭须,
还有船只的可爱和神秘,
　大海是这般迷人！
　　那一段固执的歌声
　　仍旧在诉说和振荡：
"少年的愿望好似风的愿望,
　呵,青春的心思是多么、多么绵长。"

我记得海边和山上的碉堡；
　在太阳初升的时候,
传过来大炮低沉的咆哮,
鼓也在不停地咚咚地敲,
　号声壮阔而又颤抖。

那支古老的歌的音调
　　　仍旧在我的心里激荡：
"少年的愿望好似风的愿望，
呵，青春的心思是多么、多么绵长。"

我记得战争在远方的海上，
　　轰隆之声传过了水面！
我记得如何埋葬了战死的船长，
他们的坟墓就对着他们的战场——
　　那一片寂静的海湾。
　　那悲哀之歌的音响
　　　痛楚地刺过了我的心：
"少年的愿望好似风的愿望，
呵，青春的心思是多么、多么绵长。"

我能看见轻风拂着丛林的圆顶，
　　和狄令森林的荫翳；
于是旧日的友谊和青春的恋情
带着安息的乐音流往我心中，
　　像是鸽子回旋在寂静里。
　　那甜蜜的古老的歌辞

仍旧在起伏和低唱：
"少年的愿望好似风的愿望，
呵,青春的心思是多么、多么绵长。"

我记得那掠过学童的脑海的
　　闪烁的光亮和幽暗；
我记得有过心灵的歌唱和沉寂
一半是预言,一半是热狂的
　　枉然的追求与梦幻。
　　　而那任性的歌仍旧
　　　唱下去,仍旧在波荡：
　"少年的愿望好似风的愿望，
呵,青春的心思是多么、多么绵长。"

有一些事物我不想再倾吐；
　有一些梦想从不死去；
有一些怀念使心灵变为脆弱，
它会给面颊带来苍白的颜色，
　　使眼睛感到模糊。
　　　那致命的歌的一句话
　　　像一阵冷气扑到我心上：

"少年的愿望好似风的愿望,
呵,青春的心思是多么、多么绵长。"

我在那古老的小城所见的形体
  如今已显得陌生
但乡土的空气确是纯洁而甜蜜,
而那荫蔽每条熟悉的街道的
  树木,当它们来回摆动,
    就唱出一支美丽的歌,
    这歌曲仍在叹息和低唱:
 "少年的愿望好似风的愿望,
呵,青春的心思是多么、多么绵长。"

狄令森林幽静、新鲜而美丽,
  我的心怀着一种
近似痛楚的快乐飞回到那里,
而当我萦回于那往日的梦迹,
  我又找到失去的青春。
   那奇异而美丽的歌
   在树林里发出了回响:
 "少年的愿望好似风的愿望,
呵,青春的心思是多么、多么绵长。"

译 后 记

世界和平理事会今年号召全世界纪念的亨利·瓦兹渥斯·朗费罗(Henry Wadsworth Longfellow,1807—1882)是美国十九世纪"家喻户晓"的诗人。他出生在新英格兰的沿海城市波特兰,那是一个充满边界的粗犷生活的小城,使他从小就熟悉码头、水手、边界的开拓者以及印第安人的传说。但另一方面,他的家庭是富有的,他受到了当时资产阶级可能受到的最优良的教育,加以他的阅读兴趣广泛,他很快地精通了欧洲德、法、西、意等国的文字,担负起介绍欧洲的所谓古老文化的任务。他曾经两次到欧洲做较长期的旅行,这充实了他的知识和见闻,并且替他的教书职业取得资格。一八二九年,在第一次游历欧洲后,他在鲍杜因学院担任现代语文讲座。而在第二次游欧后,自一八三六到一八五四年的十八年间,则任哈佛大学的语文教授。离开哈佛后,他已经是一个著名的诗人,可以专门从事写作了。

朗费罗第一篇著名的诗作"生之礼赞",是在一八三八年匿名发表的。它被誉为"真正美国心脏的跳动"。当时反蓄奴的文化战士与民主诗人惠蒂尔在它刚一发表后,就如此评论道:"我们不知道作者是谁,但他或她绝不是等闲之辈。这九节单纯的诗比雪莱、济慈和华兹华斯等人所有的梦想加在一起都值得多。这篇诗是呼吸着、充沛着我们今天的时代精神的——它是一个有为的世纪的精神蒸汽机。"

朗费罗的诗所以流传很广,这些话道出了部分的秘密。是的,他的诗感染有美国的生活气息,虽然这在后代看来是很不够的。但在当时崇尚英国文学的美国文坛上,朗费罗坚持从美国生活背景中去寻找长诗的题材,他的诗在内容方面也或多或少地表现了美国人民的上升的清教精神生活,这已足够使他以显著的姿态出现了。

朗费罗写作的范围很广,数量也极多。他的第一本诗集是"夜吟"(1839),其中包括"生之礼赞""夜的赞歌""星光""花""天使的足迹"等名篇。自此以后,他平均每两年出诗集一本。一八四二年出版了他的

"关于蓄奴制的诗"("奴隶的梦"和"阴湿沼泽的奴隶"即其中的两篇),对当时迫切的政治问题表现了他的正义感。这些诗增加了他的声望,但没有使他参加到实际的解放黑奴运动中去。一八四七年,他的长篇叙事诗"伊万吉琳"问世,给他带来热烈的赞扬。其中的故事和人物虽然是美化了的,但不乏现实的色彩。从伊万吉琳的坚忍有为的性格,可以窥见当时美国人民的形象。景物的刻绘特别深致细腻:那拓荒者的生活,那原野、森林和密西西比河的描写,都富于异常的魅力,这是只能由那一地区那一时代的生活提供出来的。继"伊万吉琳"之后,另一篇叙事诗杰作"海阿华沙之歌"在一八五五年发表。这是一篇美国的史诗,它取材于印第安人民的传说,叙述了印第安民族英雄海阿华沙一生的故事,使人看到那个民族怎样坚持劳动及和平的美德,在集体利益下把美好的生活建立起来。这里讲的虽然是印第安人,但却充满了当时美国人民开荒进取的精神和健康的情绪。另一篇叙事诗"迈尔斯·斯坦迪司的求婚"(1858)幽默地叙述早期殖民者的城市生活,比"伊万吉琳"有更多的现实色彩和戏剧性,人物的刻画也更逼真。它在伦敦出售的第一天,就售完了两千册,由此也可以见到朗费罗作品的风行,当时已不限于美国了。

除以上三篇杰出的叙事诗外,还有仿乔叟的长诗"夜店故事集"(1863)也应该一提。这是许多故事诗的集合,其中如"吉陵渥斯的鸟儿"一篇故事写出他的知识和见闻,并且替他的教书职业美国小镇的生活景色,充满了幽默和生趣。朗费罗也写过一些宗教长诗("圣行传"〔1851〕,"神圣悲剧"〔1871〕等)和诗剧("西班牙的学生"〔1842〕等),但这些都是失败的作品。他的多种样的译诗,尤其是但丁的"神圣喜剧",引起了更多的注意。

在短诗方面,除上面已提到的外,还有"海边与炉边"(1850)和"候鸟"两个集子也是为人所熟知的。脍炙人口的诗还有:"乡村铁匠""精益求精""船的建造""断念""上帝的园地""处女时期""穿甲胄的骷髅""我失去的青春"以及歌颂儿童、阳光和地方景色的一些诗篇。

总的来看,朗费罗不是一个激情的或政治的诗人,也不是(在浪漫主义风行的年代)一个浪漫诗人。他的一生是富裕、幸运而平静的;除了他的妻子在他第二次欧游时焚死于荷兰而外,他的生活中没有任何悲剧。因此,有人认为他的诗缺乏深刻的感情与思想,没有意境与形象的创新；认为他的灵感是来自书本的、转借的，他只不过是把别人的思想用好的词句装饰起来的修辞者而已。在他死后，他的声誉很快地衰退了，一至今日，这是一个事实。

这种说法也不无它的理由。我们看到，朗费罗的许多作品都和外国作品的阅读有直接关联，可以明显地指出其中所受到的是哪篇作品的影响；朗费罗并且善于采用格言、名句或民歌的某一句话作为他的诗的中心思想或叠唱（例如，"我失去的青春"采用北欧的民歌，"生之礼赞"模仿歌德的诗等）。我们还可以说，他的诗所以能在十九世纪的美国家庭与课本上广泛出现，还由于它那中庸的、感伤的、适合资产阶级口味的宗教与道德观所使然。就是这种宗教与道德观，使他的诗往往带有浓厚的训诫口吻，而这一切在今日看来，当然是他的缺点无疑。

但是，尽管如此，朗费罗仍不失为美国人民的诗人。最重要的是，他在惠特曼之前，以其自己的方式歌颂了美国人民的生活。在这方面，有他的三篇长诗"伊万吉琳"、"海阿华之歌"和"迈尔斯·斯坦迪司的求婚"作证；在短诗中，他所表现的情感，尽管有其阶级与宗教的局限性，尽管有很多时候渗透着悲观的、感伤的、消极的因素，但从我们所选译的诗来看，朗费罗仍旧有其情绪的光明的一面，那里表现着坚忍不拔、爱生活、爱劳动、爱青春、儿童与日常生活的温暖等。他的诗歌的这两方面恰好给从事于劳动的人民灌注了乐观进取的精神，而在他们（也是信奉宗教的人们）忧郁或不幸的时候提供了安慰。恐怕这就是他的诗何以在十九世纪如此家喻户晓的原因。那些向诗要求深刻思想的人，竟错将这些可贵的东西排除在诗的思想之外，因此就看不出而致抹杀了朗费罗的诗的思想。人有时需要反抗压迫，需要斗争；但他也必需有幸福而快乐的日常生活的时候。在这种时候，我们认为，朗费罗的诗理应是不该被人忘记的文学遗产。